August Gehring

Ueber den Sokrates in des Aristophanes Wolken

Antigonos

August Gehring

Ueber den Sokrates in des Aristophanes Wolken

Unveränderter Nachdruck der Originalausgabe von 1873.

1. Auflage 2024 | ISBN: 978-3-38635-093-8

Antigonos Verlag ist ein Imprint der Outlook Verlagsgesellschaft mbH.

Verlag: Outlook Verlag GmbH, Zeilweg 44, 60439 Frankfurt, Deutschland, info@outlook-verlag.de
Vertretungsberechtigt: E. Roepke, Zeilweg 44, 60439 Frankfurt, Deutschland
Druck: Libri Plureos GmbH, Friedensallee 273, 22763 Hamburg, Deutschland

Ueber

den Sokrates in des Aristophanes Wolken

von

Dr. August Gehring.

Womit zu der

Feier des Heinrichstages,

welche

Sonnabend den 12. Juli 1873

Vormittags 10 Uhr

in dem großen Hörsaale des Fürstlichen Gymnasiums

begangen werden soll,

ehrerbietigst einladet

Prof. Dr. A. Grumme,

Director.

Gera.

Druck der Hofbuchdruckerei: Ißleib & Rietzschel.

Ueber den Sokrates in des Aristophanes Wolken.

Gegenstand der vielfachsten Erörterungen namentlich in neuerer Zeit ist die Darstellung des Sokrates in den Wolken des Aristophanes. So verschiedenartig auch die Resultate dieser Untersuchungen sind, mit einigen Ausnahmen stimmen sie darin überein, daß die Komödie dieses Dichters einen wahren sittlichen Werth hat[1]), getragen von dem ernsten Streben desselben, mit den Waffen seiner Dichtungsart energisch zu kämpfen gegen die neue Richtung seiner Zeit, in der alles Bestehende, namentlich Politik und Moral, einer zersetzenden und auflösenden Kritik unterworfen wurde. Die Schwierigkeit, in der Ueberfülle seiner phantastischen Scherze und seines derben Spottes die einfache Wahrheit herauszufinden, bei dem raschen Wechsel von Ernst und Scherz den richtigen Gedanken des Dichters zu fassen, zeigt sich vor allem in der Beurtheilung der Stellung des Aristophanes zu Sokrates, und so zahlreich die Schriften über diesen Punkt der griechischen Literatur sind, so läßt sich doch bei einer wiederholten Betrachtung und genauen Prüfung der darauf bezüglichen Stellen namentlich aus des Dichters Wolken[2]) manches gewinnen, welches eine andere, vielleicht richtigere Auffassung jenes Angriffes in der genannten Komödie gestattet, so daß wir nicht gezwungen sind, dem Dichter „Gesinnungslosigkeit" vorzuwerfen oder ihn gar zu verdammen[3]), so geneigt man auch dazu sein könnte, wenn man das Bild des Sokrates als des trefflichsten Tugendlehrers, welches das Alterthum uns überliefert hat, sich vor Augen hält und dem gegenüber die Grundsatzlosigkeit und Nichtigkeit der Lehrweise der Sophisten betrachtet, die gesinnungslos mit der Wahrheit spielen und ihre Anhänger mehr für den Augenblick blenden als für die Dauer gewinnen. — Wir gehen bei unserer Betrachtung von der Frage aus: Wie stellt Aristophanes den Sokrates dar? Sobann untersuchen wir, was den Dichter zu dieser seiner Darstellung des Sokrates berechtigt. Als Einleitung zu diesem Versuche

---

[1]) Daß überhaupt die attische Komödie in ihrem durchaus „scherzhaften Gewande" einen tieferen Ernst birgt, ist auch im Alterthume erkannt: Dionys. Hal. art. rhet. p. 302 ed. Reiske: ἡ δέ γε κωμῳδία, ὅτι πολιτεύεται ἐν τοῖς δράμασι καὶ φιλοσοφεῖ περὶ τὸν Κρατῖνον καὶ Ἀριστοφάνην καὶ Εὔπολιν τί δεῖ καὶ λέγειν· ἡ γάρ τοι κωμῳδία αὐτὴ τὸ γελοῖον προστησαμένη φιλοσοφεῖ.

[2]) Die Untersuchung wird geführt auf Grund der Komödie, wie sie uns in ihrer gegenwärtigen Gestalt vorliegt.

[3]) In übersichtlicher Weise finden wir die verschiedenen Ansichten über die Tendenz der Wolken in der Einleitung zur Uebersetzung dieses Stückes von Droysen zusammengestellt. Des Aristophanes Werke. Uebersetzt von Droysen. 2. Aufl. 1. Th. S. 169 ff.

1 *

möchten wir am passendsten einiges vorausschicken, welches sich auf die Person und Lehren des historischen Sokrates bezieht.

Nach allen Ueberlieferungen aus dem Alterthume muß uns Sokrates erscheinen als das Vorbild fleckenloser Tugend. Bei seinem Namen denkt man sich, — sagt Droysen mit Recht, — den Inbegriff von sittlicher Würde und philosophischer Sinnigkeit. So schildern ihn Plato und Xenophon[1]), wenn man auch sagen muß, daß bei dem letzteren die Absicht, den geliebten Lehrer zu vertheidigen, allzusehr hervortritt und auf der andern Seite ihm wohl die Befähigung, die sokratische Philosophie allseitig zu erfassen und zu schildern abgeht. Kunstvoller als Xenophon verfuhr Plato, der in mehreren Dialogen uns die edle und reine Freundschaft des Sokrates und Alcibiades — in den spätern Jahren seines Lebens verlor dieser freilich seine Begeisterung für Sokrates und dessen Tugend — in lebensvollen Bildern schildert.

Auffallend tritt an Sokrates hervor die unschöne Gestalt. Sein Aeußeres war entstellt durch einen Hängebauch, Glotzaugen, eine Stumpfnase, einen großen Mund[2]). Diese unschöne Gestalt mußte dem Griechen, dem die Ansicht eigenthümlich ist, daß in einem schönen Körper eine schöne Seele wohne, dem die Menschengestalt Maß und Urbild aller Schönheit ist, vor allem auffallen. Aber gerade diese äußere Unschönheit bildet einen auffallenden Contrast mit der Schönheit seiner rein und harmonisch gestimmten Seele. „Er habe“, so lesen wir im Plato[3]), „viel Aehnliches mit denjenigen Silenen, die in Bildhauerwerkstätten sitzen und welche die Künstler mit Hirtenpfeifen und Flöten darstellen, in deren innerm Raume man, werden sie zu beiden Seiten auseinander geschlagen, Götterbilder erblickt.“ — Ihm ist nur ein selbstbewußtes, von klaren festen Grundsätzen getragenes Leben ein rechtes Leben[4]). Darum bringt er vor allem auf Selbsterkenntnis[5]). „Auf die Nothwendigkeit derselben, die er bei den Weisheitslehrern, wie bei den Künstlern und Staatsmännern seiner Zeit vermißte“, bemerkt Steinhart[6]), „legte Sokrates das größte Gewicht, sie war die Seele und der höchste Inhalt seiner Lehre und gegen sie war ihm alles Wissen von der Natur und ihren Künsten, Formen und Gesetzen werthlos und nichtig. Dieser Grundsatz war es, durch welchen Sokrates die Philosophie aus den schwer zugänglichen Höhen einer dichtenden Naturphilosophie und einer spielenden Dialektik auf den festen Boden der Ethik und der Geistesphilosophie zurückrief.“ Und weiter heißt es an derselben Stelle: „Durch eine richtige Erkenntnis der Kräfte, Anlagen und Triebe des Leibes und der Seele, ihres Umfanges und ihrer Verhältnisse zueinander sollte der Mensch zu der Tugend hingeführt werden, deren Wesen dem Sokrates in dem eben durch jene Kenntnis bedingten harmonischen Gleichgewicht dieser Kräfte und Triebe bestand; durch sie sollte er den Grund zu einer klaren und selbstbewußten Gestaltung des öffentlichen Lebens legen, durch sie erkennen, wie weit das Maß der menschlichen Kräfte gehe, und sich überzeugen, daß es thöricht sei, über Dinge etwas wissen zu wollen, für deren Erkenntnis der Mensch gar kein

---

[1]) Ueberweg, Grundriß der Geschichte der Philosophie von Thales bis auf die Gegenwart. 1. Thl. S. 88.

[2]) Xenoph. Sympos. c. V.

[3]) Plat. Sympos. p. 215. 221.

[4]) Vergleiche die Schilderung eines solchen häuslichen, wie öffentlichen Lebens bei Plato. Charmid. p. 171.

[5]) Xenoph. Memorab. III. 9, 6: „Wer sich selbst nicht kennt und zu wissen glaubt, was er nicht weiß, der steht dem Wahnsinn ganz nahe.“

[6]) Müller, Platons sämmtliche Werke. 1. Bd. S. 140.

Organ in sich habe, und die zu dem sittlichen Wesen desselben, zu seinem wahren Selbst, in gar keinem Verhältnisse stehen. Auf dem Gebiete des sittlichen Lebens, in welches er die wahre Bestimmung des Menschen setzte, verlangte er die schärfsten Begriffsbestimmungen und die Beherrschung alles Thuns durch allgemeine Begriffe und durch die auf diesen Begriffen ruhenden ewigen Gesetze".

Eigenthümlich ist dem Sokrates die inductive Methode; dadurch aber, daß Sokrates seine Schüler von den einzelnen Wahrnehmungen auf dem Wege der Induction zu immer höheren und allgemeineren Begriffen erhob und diese Begriffe dann durch Definition und Analyse einer allseitigen Betrachtung unterwarf, wurde gerade er der Vater der Philosophie.

Seine Lehrweise, die einen um so höhern Werth hat, als Leben und Lehre bei ihm eng verwachsen sind, — er predigte gewissermaßen durch sein Leben Moral — wird an verschiedenen Stellen in Plato gerühmt. Namentlich stellen Laches und Nikias den Unterricht des Sokrates höher als den des anderen Lehrers: Nikias[1]) rühmt, er wisse bei jedem Gegenstande jeden, mit dem er rede, so durch eine Rede zu lenken, daß er sich über sich selbst und über sein früheres und jetziges Leben Rechenschaft geben müsse, und alles werde von ihm gleich auf das Ethische bezogen; und Laches hebt die schöne Harmonie seines Lebens mit seiner Lehre hervor[2]). Der Hauptgrundsatz seiner ethischen Lehre war das Zurückführen der Tugend, des Wollens und Handelns auf das Wissen, und so mußte er, da er durch Erkenntnis erziehen wollte, sagen: Alle Tugend ist Wissen ($\sigma o \varphi i \alpha$). Dies hält er für nöthig, um eine wahrhafte Sittlichkeit zu gewinnen; bisher waren ja der Instinkt und die Autorität die Mächte, denen man folgte; jetzt sollte, ja in einer Zeit, in der namentlich die sittlichen Principien von der Skepsis angegriffen und zum Theil zerstört wurden, mußte die Erkenntnis die Norm für das Handeln abgeben. Mit diesem Satze legte Sokrates den Grund zu einer wissenschaftlichen Ethik. Somit mußte er natürlich die im Volks- und Vaterlandsgefühle wurzelnde Tugend der Meisten, denen das positive Gesetz, die zufällig überkommene politische oder religöse Satzung, die hergebrachte Sitte die einzigen Normen ihres Handelns waren, nur als eine unvollkommene Vorstufe zu jener höheren Tugend ansehen, die auf dem Wissen von den höchsten Gütern beruht, daher einzig und allein durch die ewigen Gesetze der Vernunft sich bestimmen läßt.

„Des Sokrates Tugend" — so charakterisirt sie Steinhart namentlich mit Rücksicht auf Plat. Lach. p. 191 — „bezog sich auf alle Lebensverhältnisse, auf Leibliches und Geistliches; sie war feste und bewußte Haltung in jeder Gefahr, stete Herrschaft des klaren Wissens über dunkele Gefühle und übermäßige Leidenschaften, über Furcht und Betrübnis, Begierde und Lust[3]). Sokrates stand zwar mit seiner Erhebung des schwankenden Meinens zum Denken nach allgemeinen Begriffen noch allein, er wußte aber nicht nur den Geist seiner Zuhörer zu wecken und trefflich zu bilden, sondern er wurde auch von den bedeutendsten Männern seiner Zeit als Freund geehrt und geliebt.

Und diesen Sokrates sehen wir mit schonungsloser Schärfe und muthwilliger und vernichtender Laune und Heiterkeit in den Wolken von Aristophanes, dem begeisterten Lobredner der alten Zeit[4]) mit ihrer gediegenen Sittlichkeit, ihrer strengen Zucht, ihren kriegerischen Großthaten, ihrem

---

[1]) Lach. p. 187.

[2]) a. a. O. p. 188.

[3]) a. a. O. 1 Bd. S. 350.

[4]) Vergleiche die Kampfscene zwischen dem $\lambda \acute{o} \gamma o \varsigma \ \delta \acute{\iota} \kappa \alpha \iota o \varsigma$ und $\lambda \acute{o} \gamma o \varsigma \ \ddot{\alpha} \delta \iota \kappa o \varsigma$. Nubb. v. 899 folgg. namentlich v. 961 folgg.

geordneten und besonnenen Staatswesen angegriffen[1]). Ein meisterhaftes Zerrbild tritt uns in dem dramatischen Sokrates, der Hauptperson des Stückes, entgegen, vor allem in phantastischer Weise verschoben und vergröbert. Was bezweckte unser Dichter mit dieser Darstellung des Philosophen? Doch betrachten wir zunächst das Bild, das der Komiker von Sokrates entwirft, dieses Produkt seines übersprudelnden Witzes und Humors, etwas näher.

Der Dichter stellt den Sokrates, der durch die Einfachheit seiner Kleidung und Lebensweise sich auszeichnete, als ganz arm[2]) und dürftig dar; ja seine Genügsamkeit und Sparsamkeit verkehrt er[3]) in schmutzige Zerlumptheit: als $\dot{\alpha}\nu\upsilon\pi\dot{o}\delta\eta\tau o\varsigma$, $\ddot{\alpha}\lambda o\upsilon\tau o\varsigma$[4]), geht er umher und als Feind jeder Bequemlichkeit. Indes dürfen wir wohl dies erstere wenigstens für übertrieben halten: ein besserer Gewährsmann ist für uns sicher Plato, der im Symposion[5]) mit klaren Worten wenigstens das eine sagt, daß Sokrates das Bad nicht gemieden habe. — Die Häßlichkeit seiner Erscheinung wird nach des Aristophanes Schilderung erhöht durch die „bleichsüchtige Farbe", den „schmalschultrigen Wuchs", die „schwindsüchtige Brust"[6]). Die Bereitwilligkeit, mit Jedermann, der ihn angeht, ein Gespräch anzuknüpfen, ist bei dem aristophanischen Sokrates zu einer ekelhaften Geschwätzigkeit geworden[7]). — Mit Recht allerdings nennt der Dichter die Lebensweise des Sokrates streng und eine lange Reihe von Bedingungen dieser Art wird an die Aufnahme des Strepsiades in die Denkanstalt des Sokrates geknüpft. — Wie nach Plato Sokrates einen „$\sigma\varkappa\acute{\iota}\mu\pi o\upsilon\varsigma$" besitzt[8]), so erscheint er auch in unserer Komödie auf einem solchen „Denksopha", welches freilich zur großen Qual des neuen Schülers von kleinen Thierchen belebt ist, die jede ruhige Meditation hindern, so daß Strepsiades in die Worte ausbricht:

$$\dot{\alpha}\pi\acute{o}\lambda\lambda\upsilon\mu\alpha\iota \;\delta\varepsilon\acute{\iota}\lambda\alpha\iota o\varsigma \;\dot{\varepsilon}\varkappa \;\tauo\tilde{\upsilon} \;\sigma\varkappa\acute{\iota}\mu\pi o\delta o\varsigma$$
$$\delta\acute{\alpha}\varkappa\nu o\upsilon\sigma\iota \;\mu' \;\dot{\varepsilon}\xi\acute{\varepsilon}\rho\pi o\nu\tau\varepsilon\varsigma \;o\acute{\iota} \;K o\rho\acute{\iota}\nu\vartheta\iota o\iota \;\varkappa. \;\tau. \;\lambda.$$[9])

Das Haupt einzuhüllen — es soll dies von den Eindrücken der Sinnenwelt abziehen und Sokrates thut dies auch bei Plato[10]), obwohl er auch ohne dieses Mittel seinen Geist dauernd in einen Gegenstand versenken kann, wie aus Plat. Sympos. 220 C hervorgeht — fordert wiederholt Sokrates von seinem Schüler[11]).

---

[1]) Wenn von den neueren Versuchen, Sokrates gegen Aristophanes in den Schutz zu nehmen, Böhringer, Ueber die Wolken des Aristophanes, zu dem Resultate gelangt, „daß die Komödie in erster Reihe nicht gegen die Philosophie und Sophistik, sondern gegen das unwahre Streben der Athener, nach einer äußerlichen, oberflächlichen und leicht zu Misbrauch führenden Aufklärung gerichtet ist", so daß also Strepsiades die Hauptperson der Komödie wäre, nicht Sokrates, so werden nach meiner Ansicht die Vorwürfe gegen diesen um nichts schwächer.

[2]) Nubb. v. 92. 363.

[3]) Nubb. v. 361 folgg.

[4]) Nubb. v. 103—105. 363; und Aves v. 1554 heißt es:
$$\pi\rho\grave{o}\varsigma \;\delta\grave{\varepsilon} \;\tauo\tilde{\iota}\varsigma \;\Sigma\varkappa\iota\acute{\alpha}\pi o\sigma\iota \;\lambda\acute{\iota} \;-$$
$$\mu\nu\eta \;\tau\iota\varsigma \;\ddot{\varepsilon}\sigma\tau', \;\ddot{\alpha}\lambda o\upsilon\tau o\varsigma \;o\dot{\upsilon}$$
$$\psi\upsilon\chi\alpha\gamma\omega\gamma\varepsilon\tilde{\iota} \;\Sigma\omega\varkappa\rho\acute{\alpha}\tau\eta\varsigma.$$

[5]) p. 174: $\mathring{A}$ $\ddot{\varepsilon}\varphi\eta$ $\gamma\acute{\alpha}\rho$ $o\acute{\iota}$ $\Sigma\omega\varkappa\rho\acute{\alpha}\tau\eta$ $\dot{\varepsilon}\nu\tau\upsilon\chi\varepsilon\tilde{\iota}\nu$ $\lambda\varepsilon\lambda o\upsilon\mu\acute{\varepsilon}\nu o\nu$ $\tau\varepsilon$ $\varkappa\alpha\grave{\iota}$ $\tau\grave{\alpha}\varsigma$ $\beta\lambda\alpha\acute{\upsilon}\tau\alpha\varsigma$ $\dot{\upsilon}\pi o\delta\varepsilon\delta\varepsilon\mu\acute{\varepsilon}\nu o\nu$, $\ddot{\alpha}$ $\dot{\varepsilon}\varkappa\varepsilon\tilde{\iota}\nu o\varsigma$ $\dot{o}\lambda\iota\gamma\acute{\alpha}\varkappa\iota\varsigma$ $\dot{\varepsilon}\pi o\acute{\iota}\varepsilon\iota$ $\varkappa. \;\tau. \;\lambda.$

[6]) Nubb. v. 1011—1018 und v. 1112. Mit Recht giebt übrigens Kock diesen Vers dem Pheidippides und nicht dem Strepsiades.

[7]) Nubb 1018.

[8]) Prot. p. 310 C: $\varkappa\alpha\grave{\iota}$ $\ddot{\alpha}\mu\alpha$ $\dot{\varepsilon}\pi\iota\psi\eta\lambda\alpha\varphi\acute{\eta}\sigma\alpha\varsigma$ $\tauo\tilde{\upsilon}$ $\sigma\varkappa\acute{\iota}\mu\pi o\delta o\varsigma$ $\dot{\varepsilon}\varkappa\alpha\vartheta\acute{\varepsilon}\zeta\varepsilon\tau o$ $\varkappa. \;\tau. \;\lambda.$

[9]) Nubb. v. 254. 709. 725, wo es heißt:
$$\dot{\upsilon}\pi\grave{o} \;\tau\tilde{\omega}\nu \;\varkappa\acute{o}\rho\varepsilon\omega\nu \;\varepsilon\ddot{\iota} \;\mu o\acute{\upsilon} \;\tau\iota \;\pi\varepsilon\rho\iota\lambda\varepsilon\iota\varphi\vartheta\acute{\eta}\sigma\varepsilon\tau\alpha\iota.$$

[10]) Phaedr. p. 327 A.

[11]) Nubb. 727: $o\dot{\upsilon}$ $\mu\alpha\lambda\tau\alpha\varkappa\iota\sigma\tau\acute{\varepsilon}'$, $\dot{\alpha}\lambda\lambda\grave{\alpha}$ $\pi\varepsilon\rho\iota\varkappa\alpha\lambda\upsilon\pi\tau\acute{\varepsilon}\alpha.$ Ferner v. 735:
$$o\dot{\upsilon}\varkappa \;\dot{\varepsilon}\gamma\varkappa\alpha\lambda\upsilon\psi\acute{\alpha}\mu\varepsilon\nu o\varsigma \;\tau\alpha\chi\acute{\varepsilon}\omega\varsigma \;\tau\iota \;\varphi\rho o\nu\tau\iota\varepsilon\tilde{\iota}\varsigma;$$

Ferner berührt der Dichter mit den Worten — Nubb. v. 1357: ὁ (Στρεψιάδης) δ'εὐθέως ἀρχαῖον εἶν' ἔφασκε τὸ κιθαρίζειν ᾄδειν τε πίνονθ' κ. τ. λ. — die Ansicht der Sokratiker, daß es Mangel an Bildung sei, „nicht durch sich, nicht durch eigene Stimme und Unterredungen sich beim Becher mit einander zu unterhalten"[1]). — Die Bestimmtheit seines Auftretens sehen wir in ein herausforderndes Wesen, gekennzeichnet durch die Frechheit des Blickes, und eine stolze anmaßende Körperhaltung und Gang verdreht[2]).

Ferner finden wir in der Komödie auch in Beziehung auf die Lehrthätigkeit des Sokrates historische Züge, freilich hie und da in komischer Weise etwas verzerrt.

Auf die Selbsterkenntnis legte ja Sokrates ein großes Gewicht; sie berührt der Dichter, wenn er den Strepsiades auf die Frage des Pheidippides, was denn Kluges bei denen da — er meint die Sokratiker — zu lernen sei[3]), antworten läßt:

„Du Tölpel! Alles, was so Weisheit wird genannt:
Da erkennst Du Dich selbst, wie ungelehrt und roh Du bist".

Ebenso haben wir ganz bestimmte Beziehungen auf wirkliche Züge des Sokrates in der Charakterisirung der Prüfung derjenigen, die sich ihm anschlossen. So fordert ihn der Chor auf, ganz in seiner Weise zu verfahren, „den Verstand zu sondiren und das geistige Vermögen zu versuchen"[4]). Sokrates läßt sich — Nubb. v. 478 folgg. — zuerst „die Natur seines Schülers beschreiben, um im klaren über selbe zu sein, damit er gleich ihn in Angriff nehmen könne mit den neuen demgemäßen Stücken." Weiter fragt er ganz in der Weise des historischen Sokrates nach dem Gedächtnis seines Schülers[5]). Auch die scheinbar abspringende Disputirweise des Sokrates, der, wenn die Untersuchung auf einem Wege nicht gelingen wollte, gleich einen neuen zu finden wußte, ist Gegenstand des Spottes für Aristophanes[6]). Eng damit zusammen hängt die Warnung des Sokrates vor einseitiger Verfolgung einer Methode[7]). Auf die Dialektik legte Sokrates einen großen Werth, wenn sie ihm auch nie Selbstzweck[8]) war, vielmehr nur Mittel zum Zweck[9]). Mit Rücksicht auf diese dialektische Befähigung des Sokrates verspottet Aristophanes an manchen Stellen die „spitzfindige Grübelei," seine „Spekulation" die „erhabene Spitzfindelei"[10]), „die Spintisirungen aus der Redenschaft"[11]), wie ja auch Plato die

---

1) Vergl. Plat. Protag. 347 C und Sympos. 173 E.
2) Nubb. v. 361: — — σοὶ δέ,
    ὅτι βρενθύει τ' ἐν ταῖσιν ὁδοῖς καὶ τὠφθαλμὼ παραβάλλεις
    κἀνυπόδητος κακὰ πόλλ' ἀνέχει κἀφ' ἡμῖν σεμνοπροσωπεῖς.
3) Nubb. v. 840 folgg.
4) Nubb. v. 476. 477.
5) Nubb. v. 483.
6) Nubb. v. 700. 743.
7) Nubb. v. 761.
    μή νυν περὶ σαυτὸν εἷλλε τὴν γνώμην ἀεί.
8) Schleiermacher stellt die Dialektik als Zielpunkt der sokratischen Bestrebungen hin; wohl mit Unrecht.
9) Vergl. Xenoph. Memorab. I, 6, 13. IV, 8, 6. IV, 5, 12.
10) Nubb. v. 153. 230. 359.
11) Nubb. 129—130:
    πῶς οὖν γέρων ἂν κἀπιλήσμων, καὶ βραδύς
    λόγων ἀκριβῶν, σκινδαλάμους μαθήσομαι;

Dialektik des Sokrates „Wortklaubereien", ein „Zerstückeln des Gesagten in die kleinsten Theile" nennen läßt[1]). Und wenn Strepsiades voll Verwunderung über das Resultat einer Forschung des Sokrates: σάλπιγξ ὁ πρωκτός ἐστιν ἄρα τῶν ἐμπίδων[2]) ausruft: ὦ τρισμακάριος τοῦ διεντερεύματος, so macht eben Aristophanes dem Sokrates denselben Vorwurf, wie Hippias, daß man sich um Kleinigkeiten bekümmere und Wichtiges unberücksichtigt lasse. — Die scheinbar humoristische Vergleichung „des in den begabten Geistern früh erwachenden, ahnungsvollen Triebes nach höherer Erkenntnis mit Geburtswehen und des Lehrers, der jene Triebe zu wecken, zu befriedigen, zu leiten weiß, mit einer geschickten und rüstigen Geburtshelferin" — das Tiefste nach der Ansicht eines großen Kenners der griechischen Philosophie, was je über die Kunst des Lehrens gesagt worden ist, — berührt der Dichter in den vorwurfsvollen Worten, die ein Schüler an den allzuheftig an die Thür der „Denkerei" pochenden und den Ideenkreis zur Fehlgeburt bringenden unspekulativen Fremden richtet.

Auf den Grund der geschichtlichen Individualität des Sokrates sind aber auch geradezu fremde Züge aufgetragen. Zunächst muß uns da auffallen die Erdichtung, daß Sokrates einstmals, als ihm und seinen Schülern ein Abendbrod gefehlt, im Ringhof ein schönes Stück Opferfleisch entwendet[3]); und um nur noch eines hervorzuheben, so ist uns ganz unbekannt, daß Sokrates ein „Stubenhocker" war, als welcher er von Aristophanes geschildert ist.

Zahlreicher sind die Zusätze und Erweiterungen in Bezug auf die Lehren des Sokrates. Wir finden auf Sokrates übertragen Züge der Naturphilosophen und Sophisten jener Zeit. Es ist dies um so mehr erklärlich als Sokrates gewiß bekannt war mit den Schriften wenigstens eines Anaxagoras[4]), der auch von Einfluß auf ihn gewesen sein muß, während er nach dem Zeugnis des Xenophon und Plato die Lehren der meisten übrigen misbilligte. Aristophanes aber stellt Sokrates dar als entschiedenen Anhänger dieser Naturphilosophen. Im Eingange seines Stückes läßt er den Strepsiades die Denkanstalt desselben mit den Worten beschreiben:

„Es wohnen drinnen Männer, die überzeugen Dich,
Daß der Himmel eigentlich so 'ne Art Backofen ist,
Der rings uns einhüllt, und wir die Menschen Kohlen drin"[5]). —

Ebenso finden wir auch eine Anspielung auf die Naturphilosophie des Sokrates in dem etwas derben Scherze des Dichters, der einen Schüler dem Strepsiades erzählen läßt, daß „einst dem Lehrer, der Nachts nach des Mondes Bahn forschte, hinauf zum Himmel offenen Mundes sinnend, vom Simms her eine Eidechse in den Mund machte"[6]). Wem fällt nicht unwillkürlich die Erzählung vom

---

[1]) Hipp. I. p. 304 A.

[2]) Nubb. v. 166—168.

[3]) Nubb. 177 folgg.

[4]) Man vergl. Plat. Phaed. p. 37.

[5]) Plutarch, Ans. d. Ph. 2, 13. Ἀναξαγόρας τὸν περικείμενον αἰθέρα πύρινον εἶναι κατὰ τὴν οὐσίαν. Ξενοφάνης (τοὺς ἀστέρας) ἐκ νεφῶν πεπυρωμένον, σβεννυμένους δὲ καθ᾽ ἑκάστην ἡμέραν ἀναζωπυρεῖν νύκτωρ, καθάπερ τοὺς ἄνθρακας· τὰς γὰρ ἀνατολὰς καὶ τὰς δύσεις ἐξάψεις εἶναι καὶ σβέσεις. Vergleiche ferner Plat. Phaed. p. 99 B und die Lehre des Empedokles, der die Luft zuerst ausgeschieden, dann das Feuer: „Am Tage regiert die Sonne, Nachts die Luft; einige Funken des Feuers zerstreut bilden des Nachts die Gestirne."

[6]) Nubb. v. 171—173.

Thales ein[1]), der „die Sterne betrachtend und den Blick nach oben gerichtet, in einen Brunnen gefallen war". „Ueber ihn" fährt Sokrates, dem Plato diese Worte in den Mund legt, fort, „spottete eine thrakische Sclavin, weil er das, was am Himmel vorgehe, zu erforschen strebe, das Nächste, vor seinen Füßen Liegende nicht bemerke." Unsere Vermuthung, daß eine Aehnlichkeit des Sokrates mit Thales in diesen Worten angedeutet liege, wird gleich im folgenden bestätigt; denn Strepsiades, begierig, in die Denkanstalt zu kommen, redet den Schüler des Sokrates, der Pförtner ist, an mit den Worten: τί δῆτ' ἐκεῖνον τὸν Θαλῆν θαυμάζομεν[2]); Es nennt also Strepsiades den Sokrates geradezu einen Thales. Und womit findet Strepsiades den Sokrates und seine Schüler beschäftigt? Sie suchen τὰ κατὰ γῆς[3]). Daß dieser Vorwurf mit Unrecht dem Sokrates gemacht wird, dafür spricht das untrügliche Zeugnis des Plato[4]). An derselben Stelle wird im allgemeinen auf Vorwürfe, die der Dichter in den Wolken dem Sokrates gemacht, Bezug genommen, wie auch besonders auf die Worte des Sokrates Nubb. v. 225: ἀεροβατῶ καὶ περιφρονῶ τὸν ἥλιον, aus welchen Strepsiades, der das Wort περιφρονεῖν in der Bedeutung „verachten" und ἥλιος in der Bedeutung „Sonnengott" faßt, den Schluß gezogen, Sokrates sei ein Gottesverächter.

Weiter finden wir[5]) in den Worten, mit denen der Philosoph seine dem Strepsiades so auffallende Stellung — er befindet sich in einem Hängekorbe in der Luft schwebend — erklärte, dem Sokrates Ideen beigelegt, die mehr dem Anaxagoras[6]) und Herakleitos[7]) und dem Diogenes von Apollonia[8]) eigen sind als unserem Sokrates; und wenn er in der Folge ihn die Luft, den Aether und die Wolken anrufen läßt, so haben wir hier Vorstellungen, die zu ihren Urhebern die Pythagoreer haben und in der Zeit des Sokrates bei vielen denkenden Männern sich finden, nicht aber können wir in den Versen den specifischen Glauben des Sokrates finden: „seine Götter sind", wie Ueberweg mit Rücksicht auf Xenoph. Memorab.[9]) sagt, „gleich der menschlichen Seele unsichtbar,

---

[1]) Plat. Theaet. 174 A. Sokrates fügt hinzu: Derselbe Spott trifft alle, die sich mit Philosophie beschäftigen. — Sollte aber in den Worten des Dichters nicht auch eine Anspielung auf sein tagelanges Stehen und Sinnen liegen?

[2]) Nubb. v. 180.

[3]) Plat. Apol. p. 19 B.

[4]) a. a. O. p. 19 C.

[5]) Nubb. v. 228—235:

$$— \ — \ — \ οὐ \ γὰρ \ ἄν \ ποτε$$
$$ἐξεῦρον \ ὀρθῶς \ τὰ \ μετέωρα \ πράγματα, \ εἰ$$
$$μὴ \ κρεμάσας \ τὸ \ νόημα \ καὶ \ τὴν \ φροντίδα$$
$$λεπτὴν \ καταμίξας \ εἰς \ τὸν \ ὅμοιον \ ἀέρα$$
$$εἰ \ δ'ὧν \ χαμαὶ \ τἄνω \ κάτωθεν \ ἐσκόπουν$$
$$οὐκ \ ἄν \ ποθ' \ εὗρον. \ οὐ \ γὰρ \ ἀλλ' \ ἡ \ γῆ \ βίᾳ$$
$$ἕλκει \ πρὸς \ αὑτὴν \ τὴν \ ἰκμάδα \ τῆς \ φροντίδος.$$
$$πάσχει \ δὲ \ ταὐτὸ \ τοῦτο \ καὶ \ τὰ \ κάρδαμα.$$

[6]) Plut. Moral. 898 D: οἱ ἀπ' Ἀναξαγόρου (τὴν ψυχὴν) ἀεροειδῆ ἔλεγον.

[7]) Ueberweg: „Herakleitos ist von Haus aus Hylozoist, das Feuer ist ihm die Seele, die trockene Seele die beste, die feuchte Seele des Trunkenen unweise."

[8]) Ueberweg: „Diogenes sieht in der Luft das Urwasser und den immanenten Grund der Dinge."

[9]) IV, 3 13.

geben aber ihr Dasein unverkennbar durch ihre Wirkungen kund, und über oder neben den Göttern steht als Lenker des Ganzen die φρόνησις." Und doch läßt diesen selben Sokrates der Dichter vor dem beim Anblick der Wolken in Staunen versetzten Strepsiades ausrufen[1]):

αὗται (sc. νεφέλαι) γάρ τοι μόναι εἰσὶ θεαί· τἄλλα δὲ πάντ᾽ ἐστὶ φλύαρος.

Ganz in Uebereinstimmung mit den bisher dem Sokrates beigelegten naturphilosophischen Ansichten wird er nun dafür verantwortlich gemacht, daß der Glaube an einen Ζεὺς ὄμβριος schwinde, obwohl die natürliche Erklärung des Regens (Nubb. v. 1279) wenigstens nach dem Zeugnis des Theophrast Anaximenes aufgestellt zu haben scheint, der als Hauptprinzip die Luft setzte und daraus vermittelst der πύκνωσις und μάνωσις oder ἀραίωσις unter anderen auch Wasser werden läßt[2]). Wie der Regen, so wird vom Sokrates auch der Donner und der Blitz ganz nach Art der φυσιόλογοι erklärt[3]). In allen diesen Erklärungen finden wir nicht nur Spuren der naturphilosophischen Lehren des Anaxagoras, des Demokrit u. A., sondern dieselben geradezu selbst dem Sokrates in den Mund gelegt. Und wenn Strepsiades den Gläubiger Amynias, der das Geld, welches er dem Sohne Pheidippides „vorgeschossen", zurückfordert, mit der physikalischen Frage abweisen zu können meint:

> „Was meinst Du wohl, macht Zeus beim Regen jedesmal
> Ganz neues Wasser, oder zieht die Sonne nur
> Dasselbe Wasser immer von unten wieder herauf?"

so legt der Dichter dem Schüler unseres Sokrates ein Wort in den Mund, das nicht mehr den Sokrates charakterisirt als die damaligen Philosophen, vor allen den Diogenes von Apollonia, der sich mit dieser Frage am meisten beschäftigte[4]). Auch vom Zahlen der Zinsen sucht sich Strepsiades mit Hülfe eines physikalischen Satzes zu befreien, indem er in seiner Vertheidigung an die Lehre des Anaxagoras, nach der „Nichts zunimmt und abnimmt, immer Alles gleich ist", erinnert[5]). Wie kannst du fordern, daß die Summe Geldes größer werden soll, wenn die See, obschon die Flüsse sich in sie ergießen, fort und fort nicht größer wird[6])?

Die Erweiterungen der zweiten Art sind Eigenthümlichkeiten der Sophisten, mit denen der Dichter seinen Sokrates ausstattet. Als der auffallendste Vorwurf in dieser Beziehung erscheint der, daß Sokrates für Geld lehre, d. h. daß er bei seinen Belehrungen auf Erwerb ausgehe; denn statt des Geldes nimmt er auch gerne Lebensmittel, Kleidungsstücke als erwünschtes Aequi-

---

[1]) Nubb. v. 365. Vergl. außerdem Nubb. v. 247.

[2]) Vergl. Ueberweg a. a. O. S. 42.

[3]) Nubb. v. 374 folgg., 403 folgg., 404 folgg. Die Erklärung des Blitzes, die Sokrates giebt, klingt sogar in den Worten an die Lehre des Theokrit an. Plutarch. Moral. 893 E heißt es: Μετρόδωρος ὅταν εἰς νέφος πεπηγὸς ὑπὸ πυκνότητος ἐμπέσῃ πνεῦμα, τῇ μὲν θραύσει τὸν κτύπον ἀποτελεῖ, τῇ δὲ πληγῇ καὶ τῷ σχισμῷ διαυγάζει.

[4]) Vergl. Nubb. v. 1278 folgg.

[5]) Anaxag. 14 (Mullach): γιγνώσκειν χρή, ὅτι πάντα οὐδὲν ἐλάσσω ἐστὶν οὐδὲ πλέω· οὐ ἀνυστὸν πάντων πλέω εἶναι, πάντα ἴσα ἀεί.

[6]) Nubb. v. 1292.

valent an[1]). Damit hat aber der Dichter dem Sokrates zur Last gelegt, was gerade das Gemeinsamste und Zusammenfassendste der Sophistik in ihrer äußeren Erscheinung ist. Für sie ist so recht die Weisheit nur Mittel und zwar Mittel zum Erwerb, nicht wie bei dem wahren Philosophen Zweck an sich. Sophist war ja der Lehrer, der Unterricht in einem beliebigen Gegenstande des Wissens ertheilt — gegen Bezahlung[2]) und zu diesem Zwecke von Stadt zu Stadt wandert[3]). Richtig bemerkt zu diesem Vorwurfe, den der Dichter dem Sokrates macht, der Scholiast: καὶ τοῦτο ψεῦδος. οὐδεὶς γὰρ μισθὸν ἐτέλει Σωκράτει, ἐπεὶ κἀκεῖνος ἔφασκε μηδὲν εἰδέναι. Auch Xenophon und Plato bestätigen das Gegentheil[4]).

Was die sophistischen Lehren und Tendenzen, mit denen Aristophanes Sokrates ausgestattet, betrifft, so fallen uns zunächst die Proben der sogenannten sokratischen Weisheit und Kunst auf, die der Schüler, welcher den Strepsiades empfängt, mittheilt: er erwähnt einmal die überaus sinnige Art, „den Sprung eines Flohes mit des eignen Schuhes Maße auszumessen" und sodann die Erklärung des Ursprunges der Töne, die die Mücken von sich geben. Wenn wir auch in dem ersten Scherze eine spöttische Beziehung auf den Grundsatz des Protagoras „πάντων χρημάτων μέτρον ἄνθρωπος" nicht finden können, — die Verspottung dieses Satzes in Plat. Theaet. 161 C: τεθαύμακα, ὅτι οὐκ εἶπεν — ὅτι πάντων χρημάτων μέτρον ἐστὶν ὗς καὶ κυνοκέφαλος ἤ τι ἄλλο ἀτοπώτερον τῶν ἐχόντων αἴσθησιν — ist ganz deutlich, — so „scheint der zweite Spaß allerdings veranlaßt zu sein durch eine jener Sophistenschriften, über welche Isokr. 10, 12 spricht: τῶν μὲν γὰρ τοὺς βομβυλιοὺς καὶ τοὺς ἅλας καὶ τὰ τοιαῦτα βουληθέντων ἐπαινεῖν οὐδεὶς πώποτε λόγων ἠπόρησεν[4])."

Von einem Studium der Geometrie und Astronomie[5]) kann bei ihm nur in beschränktem Sinne die Rede sein; sicher lehrte er selbst beides nicht, wie der Sophist Hippias aus Elis[6]) und

---

[1]) Nubb. v. 98 und 99 heißt es:

οὗτοι (Sokrates und seine Schüler) διδάσκουσ᾽, ἀργύριον ἤν τις διδῷ

λέγοντα νικᾶν καὶ δίκαια κἄδικα.

Ebenso sind wohl die Worte, die der Chor an Sokrates richtet, nachdem Strepsiades versprochen. seinen Sohn Pheidippides als Schüler ihm zuführen zu wollen — v. 805:

ἆρ᾽ αἰσθάνει πλεῖστα δι᾽ ἡμᾶς ἀγάθ᾽ αὐτίχ᾽ ἕξων —

auf den Gewinn, den Sokrates von dem Unterrichte, den ihm die Wolken verschaffen, hat, zu beziehen. Ganz klar spricht der Chor dies an einer anderen Stelle aus, — v. 810—811 — indem er Sokrates auffordert, den Strepsiades — denn der, nicht Pheidippides ist natürlich gemeint mit ἀνὴρ ἐκπεπληγμένος — den Narren zu „rupfen", ihn „auszubeuteln", wie er könne, und zwar geschwind, denn „Dinge dieser Art ändern sich schnell wie Wetter". — Ferner läßt der Dichter den Strepsiades dem Lehrer für seine Bemühungen Mantel und Schuhe geben. Vergl. außerdem Nubb. v. 876. 1146. 1131. 1145. 1498. 667.

[2]) Vergl. Plat. Rep. VI, 493 A.

[3]) Plat. Apol. 19 E. Protag. 316 C.

[4]) Vergl. Kock zu der Stelle.

[5]) Memorab. I, 2, 5. 7. 60 und a. a. O. — Apol. p. 31 C: νῦν δὲ ὁρᾶτε δὴ καὶ αὐτοί, ὅτι οἱ κατήγοροι τἄλλα πάντα ἀναισχύντως οὕτω κατηγοροῦντες τοῦτό γε οὐχ οἷοί τε ἐγένοντο ἀπαναισχυντῆσαι, παρασχόμενοι μάρτυρα, ὡς ἐγώ ποτέ τινα ἢ ἐπραξάμην μισθὸν ἢ ᾔτησα.

[6]) Plat. Protag. p. 318: „Die andern Sophisten (nicht er, meint Protagoras) beeinträchtigen die Jünglinge: sie führen dieselben, die von den Künsten sich abwendeten, den Künsten wider deren Willen zu, indem sie

Diogenes [von Apollonia. Sokrates schätzte überhaupt beide Wissenschaften nur insoweit, als sie zu rein praktischen Zwecken dienten. Das bloße Wissen galt ihm für unnütz, wie überhaupt sein Grundsatz war: πολυμαθίη οὐ φύει νοῦν, des weisen Herakleitos von Ephesus Ausspruch, der gerade anwendbar ist auf alle jene unter dem Namen der Sophisten bekannten Weisheitslehrer. Gerade dadurch tritt aber Sokrates in den entschiedensten Gegensatz zu den vielen, die ihrem Berufe vollständig zu genügen glauben, wenn sie nur recht viele positive Ergebnisse ihrer Wissenschaft dem Gedächtnis ihrer Schüler mit eifrigem Bemühen eingeprägt haben. Weiter wird — Nubb. v. 368 — Sokrates geradezu ein μετεωροσοφιστής genannt und Nubb. v. 489 und 490:

ἄγε νυν ὅπως, ὅταν τι προβάλλω σοι σοφὸν

περὶ τῶν μετεώρων, εὐθέως ὑφαρπάσει —

tritt er sogar als Lehrer περὶ τῶν μετεώρων auf; auch wird er mit Prodikus, jenem so berühmten Sophisten der perikleischen Zeit, zusammengestellt, und doch haben wir das ausdrückliche Zeugnis des Xenophon, daß Sokrates solche Studien und wie sie Prodikus trieb, nicht nur für unnütz hielt, sondern sogar mißbilligte[1]).

Ganz im Geiste der Sophistik ist nun auch Nubb. v. 424 die Anrufung des Chaos, welches vortrefflich zu den übrigen Göttern — der Zunge und den Wolken, diesen nichtigen, in nichts zerfließenden Wesen[2]) — der Sophisten, dieser windigen Philosophen, paßt. Darum leugnet auch der aristophanische Sokrates die Existenz des Zeus, an dessen Stelle Δῖνος, der Wirbel, — Nubb. v. 280, 828, 1471 — getreten, und deshalb legt ihm der Dichter der Beinamen des Mannes bei, der wegen seiner Angriffe auf den griechischen Volksglauben in seinen Komödien ἄθεος genannt wird[3]); und an einer andern Stelle nennt er die Sokratiker γηγενεῖς Giganten, Himmelsstürmer. Des Sokrates Beispiele folgt sein neuer, aber gelehriger Schüler Pheidippides: auch für ihn existiren Zeus, Hermes und Poseidon nicht mehr[4]).

Als Verehrer der γλῶττα sind die Sophisten Feinde, Verächter der σωφροσύνη. Hierin müssen

---

Rechenkunst und Sternkunde und Meßkunst und Musik sie lehren — und dabei warf er einen Blick auf den Hippias, — kommt er (Hippokrates) aber zu mir, wird er über nichts anderes etwas lernen, als weshalb er zu mir kam.

[1]) Memorab. I, 1, 11. IV. 7, 6.

[2]) Treffend bemerkt zu der Stelle Bücheler: „Das τουτί hinter Χάος macht wahrscheinlich, daß etwas ausgefallen ist, worin Chaos und Zunge neben den Wolken als Götter der Sophisten erwähnt wurden.“ — Nubb. v. 570 ruft Sokrates den Aether an: καὶ μεγαλώνυμον ἡμέτερον πατέρ᾽, Αἰθέρα σεμνότατον, βιοθρέμμονα πάντων κ. τ. λ. v. 627 schwört er bei der Ἀναπνοῇ, wie bei dem Χάος und dem Ἀήρ. Bald ruft auch sein gelehriger Schüler — v. 667 — εὖγε νὴ τὸν Ἀέρα κ. τ. λ. Vergl. ferner Nubb. v. 252. 264. 424. 814.

[3]) Nubb. v. 831 antwortet Strepsiades auf die Frage seines Sohnes: Wer behauptet, daß „ein Zeus nicht sei“?

Σωκράτης ὁ Μήλιος καὶ Χαιρεφῶν, ὃς οἶδε τὰ ψυλλῶν ἴχνη.

[4]) Nubb. v. 1234. 1242. v. 1477:

οἴμοι παρανοίας· ὡς ἐμαινόμην ἄρα,

ὅτ᾽ ἐξέβαλλον τοὺς θεοὺς διὰ Σωκράτην.

v. 1506. τί γὰρ παθόντες τοὺς θεοὺς ὑβρίζετε

καὶ τῆς σελήνης ἐσκοπεῖσθε τὴν ἕδραν;

v. 1509. τοὺς θεοὺς ἠδίκουν sc. Σωκράτης καὶ οἱ μετ᾽ αὐτοῦ.

Hierin müssen wir aber das neue Princip, das dem hellenischen Wesen, wie es bis jetzt sich zeigte, verderblich wurde, erst recht erkennen. Das, was das Eigenthümliche des griechischen Volkes ausmacht, wird von den Sophisten verachtet. Mit Recht sagt Steinhart[1]), man könne behaupten, daß in der Sophrosyne, jener klaren und selbstbewußten Besonnenheit, die in der Kunst, wie im Leben das Ungeheure und Maßlose bändigt und an das Gesetz der harmonischen Schönheit bindet, die im Handeln wie im Denken das Zügellose und Ausschweifende in feste Schranken zurückführt, die allem sittlichen Thun Regel, Form und Anmuth giebt, die weltgeschichtliche Bestimmung des griechischen Volkes bestand.

Unterweisungen giebt ferner Sokrates — Nubb. v. 638—648 — über die Versmaße, v. 647—656 über die Rhythmen, v. 659—692 über die Wortbildungslehre. Sokrates hat aber solches nie getrieben ohne Zweifel nie gelehrt; vielmehr haben wir hier offenbar Objekte des Studiums eines Protagoras[2]) und Probikus[3]).

Ebenso an die Sophisten und speziell an den ebengenannten durch seine „etymologischen wie nymischen" Forschungen berühmten Probikus haben wir zu denken, wenn der Dichter das Scheiden der Begriffe — διαιρεῖν, διαιρεῖσθαι — den Sokrates von seinen Schülern fordern läßt[4]).

Nachdem wir diese sophistischen Lehren, die dem Sokrates in Wirklichkeit fremd waren, demselben beigelegt fanden, gehen wir wohl nicht zu weit, wenn wir selbst in einzelnen Worten, die Sokrates und seine Schüler gebrauchen, charakteristische Ausdrücke der Sophisten angewendet finden. Nur wenige Beispiele anzuführen mag genügen: Ein Lieblingswort des Protagoras, welches der Dichter braucht, ist ἐπαίειν[5]), ebenso λυμαίνεσθαι[6]). Ein dritter von den Sophisten überhaupt gebrauchter Ausdruck, der dem Sokrates weiter in den Mund gelegt wird, ist ἐπιδεικνύναι, ἐπιδείκνυσθαι d. i. „zur Schau stellen".

Mehr als die Lehren läßt aber der Dichter in seiner Komödie die Tendenzen der Sophisten, den Zweck und das Ziel ihrer Unterweisung hervortreten. „Spitz und gerieben im Reden zu machen[7]) war nicht das Ziel, nach dem Sokrates als Lehrer strebte, vielmehr gerade und nur die Sophisten, wie auch die Worte λεπτολογεῖν καὶ περὶ κάπνου στενολεσχεῖν d. h. „über wesenloses subtilisiren und haarscharf fixiren"[8]) gerade recht treffend die Dialektik der Sophisten charakterisirten. Die Bestätigung dessen finden wir in den Worten des Plato, der den Sokrates von den Sophisten sagen läßt: „Sie schlagen Behauptungen gegen Behauptungen gegenseitig darnieder[9]).

---

1) a. a. O.

2) Plat. Phaed. 267 C. Vergl. ferner Nubb. v. 662, wo in der Weise des Protagoras Sokrates das Genus bestimmt; ebenso finden wir mit Recht in v. 666 und 670 Spuren der Lehren des Protagoras.

3) Vergl. Ueberweg a. a. O. S. 81.

4) Nubb. v. 740 heißt es:

ἴθι νυν, καλύπτου καὶ σχάσας τὴν φροντίδα
λεπτὴν κατὰ μικρὸν περιφρόνει τὰ πράγματα
ὀρθῶς διαιρῶν καὶ σκοπῶν.

Vergl. ferner v. 852. 872. 1248.

5) Nubb. v. 650. Vergl. dazu Plat. Protag. 314 A, 327 C; Phaedr. 234 D, 275 E; Apol. 19 B.

6) Nubb. v. 928. Vergl. hierzu Plat. Protag. 318 E und Men. 91 C.

7) Nubb. v. 260 sagt Sokrates zu Strepsiades: λέγειν γενήσει τρῖμμα, κρόταλον, παιπάλη.

8) Nubb. v. 320 folgg. Namentlich weist der Ausdruck „νύσσειν" auf die Dialektik der Sophisten hin.

9) Theaet. p. 154 D.

Und wozu diente diese Dialektik den Sophisten? Die Worte, die der Dichter den Sokrates seinen Schüler zurufen läßt, verrathen es: ἐξευρετέος γὰρ νοῦς ἀποστερητικός κἀπαιόλημα[1] d. i. „Man denkt mir jetzt auf eine Truggewinnsidee und saubern Kniff!" Sicher ist dies mehr im Sinne der Sophisten und zwar der Sopisten in der schlechten Bedeutung des Wortes als des Sokrates[2]. Aus dem Munde des Sokrates lernen wir die Objekte seines Unterrichts namentlich kennen; er zählt als solche auf: ἀπόφευξις δίκης, κλῆσις, χαύνωσις ἀναπειστηρία[3]); dazu gehört aber als unerläßliche Bedingung das, was der Dichter bezeichnet mit γλωττοστροφεῖν („Zungenbreschen")[4]. Daher nennt an einer andern Stelle — v. 1003 — der λόγος δίκαιος den λόγος ἄδικος „zungengewandt", „schulphrasenberedt". Kommt es doch den Sophisten nicht darauf an, den Schein von der Wahrheit, das Meinen vom Wissen zu unterscheiden; hohle Lügenhaftigkeit und prahlerische und aufschneiderische Eitelkeit sind die hervorstechenden Eigenschaften derselben. Darum sagt der λόγος δίκαιος vom λόγος ἄδικος[5]):

> „Ja, er schwatzt es Dir auf, daß Häßliches schön,
> Daß wieder das Schönste Dir häßlich erscheint!"

Diese Verwirrung der Namen und Begriffe auf dem Gebiete der Sittlichkeit, will Aristophanes sagen, ist zum Theil entschieden eine Folge der Sophistik. Mit dummem Blendwerk verdrehen die Sophisten die Köpfe namentlich der Jugend[6]), weil sie nur Zweifel erwecken, aber nicht lösen, wodurch die jungen Seelen verwirrt, anstatt gefördert werden, denn die Frucht des Unterrichtes sind bloße Schattenbilder des Wahren, falsche mit dem täuschenden Scheine des Wahren prunkende Meinungen. Daher redet der Chor den λόγος ἄδικος — v. 1030 — an: ὦ κομψοπρεπῆ μοῦσαν ἔχων und — v. 1038 — sagt der λόγος ἄδικος von sich selbst:

> ἐγὼ γὰρ ἥττων μὲν λόγος δι' αὐτὸ τοῦτ' ἐκλήθην
> ἐν τοῖσι φροντισταῖσιν. ὅτι πρώτιστος ἐπενόησα
> τοῖσι νόμοις ἐν ταῖς δίκαις τἀναντί' ἀντιλέξαι.

Diese Worte deuten hinlänglich klar die Tendenz der Sophisten — denn der λόγος ἄδικος trägt durchaus den Charakter derselben — an: die Gesetze zu untergraben und Recht in Unrecht zu verkehren, d. h. die Existenz der Familien, wie des Staates zu gefährden[7].

Der Schwerpunkt in der Darstellung des Sokrates als eines Sophisten liegt wohl in der Kampfscene zwischen dem λόγος δίκαιος und dem λόγος ἄδικος — v. 889—1104. Es ist ein Kampf

---

[1]) Nubb. 728.

[2]) Vergl. ferner Nubb. v. 728. 747 (γνώμη ἀποστερητική).

[3]) Nubb. v. 874.

[4]) Nubb. v. 792:
> ἀπὶ γὰρ ὀλοῦμαι μὴ μαθὼν γλωττοστροφεῖν.

[5]) Nubb. v. 1019 und 1020.

[6]) Nubb. v 92:

[7]) Nubb. 1053; vergl. ferner v. 512—517:
> εὐτυχία γένοιτο τ' ἀνθρώπῳ, ὅτι προέχων
> ἐς βαθὺ τῆς ἡλικίας
> νεωτέροις τὴν φύσιν αὐ-
> τοῦ πράγμασιν χρωτίζεται.
> καὶ σοφίαν ἐπασκεῖ.

[8]) Nubb. 1038.

zweier Principien, der alten und der neuen Zeit; als Vertreter der neuen Zeit gelten die Sophisten. Dies kann keinem Zweifel unterliegen. Zu den Stellen, die als die Sophistik charakterisirend bereits angeführt sind, mögen als weitere Belege nur noch hervorgehoben werden: Nubb. v. 902, wo λόγος ἄδικος behauptet, daß es kein Recht gebe [1]. In ganz sophistischer Weise benutzt er die Antwort seines Gegners, um die für seine Ansicht passenden Schlüsse daraus zu ziehen [2]. „Mit Frag' und Beweis und Gedanken der Zeit, wie mit einem Hagel von Pfeilen will der λόγος ἄδικος seinen Gegner zu Boden strecken." Ganz ähnlich schildert die Sophisten Plato: „Bei einer Untersuchung und Frage zu verharren und ruhig Frage und Antwort zu wechseln, das ist ihnen selbst gar nicht gegeben; vielmehr zeigt sich dieses Garnicht über die Maßen, indem nicht die geringste Ruhe diesen Männern verliehen ist; sondern wenn man einen nur etwas befragt, ziehen sie wie aus einem Köcher räthselhafte Wörterchen hervor und entsenden sie ihrem Bogen und suchst du darüber Aufklärung zu erhalten, was er damit gemeint hat, so trifft dich das Geschoß eines andern neugeformten Ausdruckes, und nie wirst du irgend etwas gegen einen von ihnen ausrichten [3]. Daß wir in der That in dem λόγος ἄδικος [4] nur einen Sophisten haben, ersehen wir recht deutlich an der Familienähnlichkeit desselben mit Protagoras, die Kock in seiner Bemerkung zu v. Nubb. 1057 hervorhebt, insofern als der λόγος ἄδικος einer auffallend „leichtfertigen Benutzung der Dichter zur Beweisführung sich schuldig macht": Er schließt: weil Nestor als Redner von Homer gelobt wird, ist es nicht tadelnswerth (πονηρόν) auf dem Markte sich aufzuhalten und der Redekunst zu pflegen, mit andern Worten, Sophist zu sein, d. h. er sieht in dem Nestor, ja in dem Homer einen Sophisten. In Beziehung zu dieser Auffassung steht eine andere Stelle aus Plat. Protag. p. 316 D.; es heißt da: „Ich (Protagoras) behaupte, die Sophistenkunst sei sehr alt; von den Männern aus alter Zeit aber, die sich mit ihr beschäftigten, haben einige, um das Anmaßende dieser Benennung zu meiden, der Poesie als Vorgebens und Deckmantels sich bedient, wie Homeros, Hesiodus und Simonides; andere wieder der geheimen Weisungen und Sehersprüche, wie Orpheus, Musäus und ihr Anhang." Wenn aber an der Stelle Protagoras einen Homer, Hesiobus, Simonides u. A. Sophisten nennt, so könnte man dann nur in dem Worte σοφιστής die frühere reinere Bedeutung suchen, nach der es einfach „Weisheitslehrer" bezeichnet. Ganz im Gegensatz hierzu steht nun aber die Zahl der Sophisten, die Aristoph. Nubb. v. 331 aufzählt; denn die Sippe, die der Dichter meint und der der λόγος ἄδικος angehört, besteht aus ganz anderen Elementen: Der Dichter nennt da Propheten, Quacksalber und Modegecken, Melodienvorsänger und astronomische Schwindler [4].

Neben diesen vielen Zusätzen und Erweiterungen, mit denen die Person des Sokrates ausgeschmückt ist, bemerken wir allerdings auch, daß der Dichter Eigenthümlichkeiten dieses Philosophen ganz unberührt gelassen; ich nenne nur zwei: Das Versinken in sich und das so höchst eigenthümliche Daimonium, Eigenschaften, die, wir sollten meinen, ein passendes Objekt der komischen Darstellung für Aristophanes waren. Warum er diese Eigenthümlichkeiten nicht benutzt, wird uns in der Folge klar werden.

Fassen wir das Resultat dieses Theiles unserer Untersuchung kurz zusammen, so haben wir

[1] a. a. O. heißt es: οὐδὲ γὰρ εἶναι πάνυ φημὶ δίκην.
[2] Nubb. v. 904: πῶς δῆτα δίκης οὔσης ὁ Ζεύς
οὐκ ἀπόλωλεν τὸν πατέρ αὐτοῦ δήσας;
[3] Theaet. p. 180 A.
[5] Οὐ γὰρ μὰ Δί’, ἀλλ’ ἴσθ’ ὅτι πλείστους αὗται βόσκουσι σοφιστάς.
Θυριομάντεις, ἰατροτέχνας, σφραγιδονυχαργοκομήτας.
κυκλίων τε χορῶν ᾀσματοκάμπτας, ἄνδρας μετεωροφένακας.

in dem dramatiſchen Sokrates erkannt Züge des hiſtoriſchen, doch zum größten Theil verzerrt, karrikirt; daneben fanden wir Züge der Naturphiloſophen und der Sophiſten, und zwar insbeſondere deren Lehren und Tendenzen ihm beilegt; ſchließlich vermißten wir einige ſokratiſche Eigenthümlichkeiten.

Aus dem bisher Geſagten geht zur Genüge hervor, daß der Dichter den Sokrates darſtellt als Sophiſten; abgeſehen von den einzelnen eben angeführten Zügen, die er dieſer Gattung von Philoſophen entlehnt und auf Sokrates überträgt, nennt er ihn, um nur an eines wieder zu erinnern, ja geradezu σοφιστής und ſtellt ihn mit Probikus zuſammen. So hätten wir uns der Anſicht Rötſchers genähert, nach der Sokrates als Vertreter, Repräſentant der vom Dichter bekämpften ſophiſtiſch-rhetoriſchen Bildung erſcheint[1]). Doch bei dieſer Anſicht können wir nicht ſtehen bleiben; denn, wie auch Bertram[2]) richtig dagegen bemerkt, „entwindet ſich uns der hiſtoriſche Sokrates gleich wieder aus den Händen". Daß wir aber in dem dramatiſchen Sokrates eben den hiſtoriſchen haben, ſeinen Grundzügen nach ſehen ſollen, das ſagt uns wiederholt Ariſtophanes mit klaren Worten. Als der Streit der beiden λόγοι geendet und zwar zum Nachtheil des λόγος δίκαιος, tritt Sokrates mit der Frage an Strepſiades hervor: „Lehr' ich deinen Sohn die Redekunſt?" und auf die bejahende Antwort des Gefragten, fügt er hinzu: „Getroſt, du führſt ihn bald als feinſten Sophiſten heim[3]). Der Dichter verlangt unzweifelhaft, wir ſollen uns den λόγος ἄδικος — und ſo wird unſere ſchon oben ausgeſprochene Behauptung in Betreff dieſes λόγος beſtätigt — als der Schule des Sokrates angehörig denken; Sokrates wird eben für die Folgen verantwortlich gemacht. Damit harmonirt nun auch vollſtändig, wenn der Chor nach dem Siege des λόγος ἄδικος und der Unterweiſung des Pheidipides durch denſelben als Feind des Sokrates hervortritt und die gefährlichen Folgen jenes Unterrichts ahnend ausruft:

> „Ein übel Ding, die Luſt an Flauſenmacherei!
>
> — — — — — — — — — —
>
> Doch zuverläſſig dieſen Tag
> Macht ſich noch ein Ungemach,
> Das den Erzſophiſtennarren (d. i. Strepſiades)
>
> — — — — — —
>
> Läßt die Strafe dulden"[4]).

Nun aber wiſſen wir, daß Sokrates ſeinem Weſen und Streben nach nicht nur nicht zu den Sophiſten gehörte, deren Tendenz es war, dem Geſetze und der Sitte zu ſchaden, daß vielmehr ſein

---

[1]) Rötſcher, Ariſtophanes und ſein Zeitalter, S. 317: „Unſerm dramatiſchen Sokrates dienen viele Züge des hiſtoriſchen Sokrates nur als Folie, um die Beſtimmtheit ſeiner Perſon recht klar zu machen und den Angriff auf dieſe Richtung in der concreten Einzelnheit hervorzuheben und in ihr die Allgemeinheit darzuſtellen.

[2]) Bertram, der Sokrates des Xenophon und der des Ariſtophanes, S. 21.

[3]) Abgeſehen davon, daß die Rollen des Sokrates und Strepſiades von den Schauſpielern, die eben die beiden λόγοι dargeſtellt haben, nicht übernommen werden können, — da wir auch nach der Kampfſcene kein Chorlied haben, ſo fehlt die Zeit, die zum Wechſeln der Masken nöthig iſt, — finde ich auch inſofern die Umarbeitung der Wolken nicht vollendet, als Sokrates den Strepſiades fragt, ob er ſeinen Sohn unterrichten ſolle, obwohl Strepſiades vor Beginn des Kampfes ſich mit Sokrates entfernt, alſo ſich von der Tüchtigkeit des einen oder andern λόγος gar nicht hatte überzeugen können.

[4]) Nubb. v. 1303—1310.

ganzes Leben und Lehren zum Ziele hatte, Gesetz und Sitte zu erhalten[1]). Erkannte ihn aber auch als solchen das Volk Athens, das Volk der Stadt, in der als dem Mittelpunkte des hellenischen Geisteslebens jener Zeit vor allen auch die Sophisten am liebsten verweilten, die den Geist einer neuen Zeit predigten. Wir müssen mit Nein antworten; der Menge erschien Sokrates wohl als Sophist oder sogenannter Naturphilosoph und so, wie Sokrates dem gewöhnlichen Volke erschien, wie er von demselben misverstanden wurde, stellt Aristophanes ihn dar. Wie Sokrates im Leben durch freundliche Bereitwilligkeit sich mit jedem ohne Ansehen der Person in ein Gespräch einzulassen sich auszeichnete, ja wie er gerade die Hütten und Werkstätten gewöhnlicher Leute aufsuchte, um sie zu unterrichten und zu belehren, so erscheinen auch in der Komödie als Zöglinge des Sokrates Strepsiades, ein einfacher Landmann und später dessen Sohn Pheidippides. In plumper Weise führt Strepsiades sich sofort ein, denn er schlägt so stark an die Thür der sokratischen „Grübelbude", daß er nach der Aussage eines heraustretenden Schülers eine Idee an der Geburt verhinderte. Als nun gar nach seinem Eintreten der Philosoph sich vernehmen läßt, versteht er dessen hochtrabende Aussprüche alle falsch[2]); er begreift nicht, weshalb Sokrates sich seine Natur ($\tau\varrho\acute{o}\pi o\varsigma$) beschreiben läßt, und auf die Frage, ob er Gedächtnis habe, giebt er zur Antwort: „Ja, und zweierlei; ist einer mir was schuldig, das behalt ich leicht; bin ich es einem, dummes Hirn, so vergeß' ich leicht![3])!" Unter den Maßen versteht er Getreidemaße[4]). Ebenso versteht Strepsiades, wie sein Pheidippides die Lehre von dem Wirbel, der jetzt herrsche, falsch[5]). In dem Strepsiades wendet sich also einer der modernen Bildung zu, der auch nicht das geringste Verständnis für die Sache hat, und so entstellt und versteht er eben alles falsch. Auch der Zweck, den er bei der Aneignung der Lehren des Sokrates verfolgt, ist ein verkehrter: ohne alles wissenschaftliche Bedürfnis will er die Weisheit, die er in dem Studirhause des Sokrates sucht, zu rein praktischen Zwecken verwerthen[6]). Mit diesem Gedanken, in dieser Absicht tritt er bei dem Philosophen ein. Seine materialistische Auffassung zeigt er bei der Belehrung über die Geometrie[7]), „die nichts bezahlende Redenschaft", will er erlernen[8]), „im Reden jedem im griechischen Land um etliche Meilen voraus sein, um an dem Rechte drehn und die Gläubiger schließlich prellen zu können", und gerne nimmt er, lerne er dies, ein ganzes Register von Schimpfnamen mit in den Kauf[9]).

Wenn wir nun zu dem Resultate gelangt sind, daß der Dichter den Sokrates als Sophisten darstellt d. h. wie er vom Volke aufgefaßt und misverstanden wurde, ja misverstanden werden mußte,

---

[1]) Vergl. die Schlußworte in Xenoph. Memorab.

[2]) Man vergl. Nubb. v. 260 und 261.

[3]) Nubb. v. 483 folgg.

[4]) Nubb. v. 639; vergl. ferner v. 673 folgg.

[5]) Nubb. v. 827.

[6]) Nubb. 1150 spricht Strepsiades zu seinem Sohne:

„Erlernst du mir also die Unrechtredenschaft,

Sieh', dann bekommt von all' den Schulden, die ich dir

Zu Liebe gemacht hab', keiner einen Obolos". — Nubb. v. 1232.

[7]) Nubb. v. 205:

$\tau\grave{o}$ (i. e. $\gamma\varepsilon\omega\mu\varepsilon\tau\varrho\acute{\iota}\alpha$) $\gamma\grave{\alpha}\varrho$ $\sigma o\varphi\acute{\iota}\sigma\mu\alpha$ $\delta\eta\mu o\tau\iota\varkappa\grave{o}\nu$ $\varkappa\alpha\grave{\iota}$ $\chi\varrho\acute{\eta}\sigma\iota\mu o\nu$.

[8]) Nubb. v. 244.

[9]) Nubb. v. 430. 434. 445:

$\vartheta\varrho\alpha\sigma\acute{\upsilon}\varsigma$, $\varepsilon\mathring{\upsilon}\gamma\lambda\omega\tau\tau o\varsigma$, $\tau o\lambda\mu\eta\varrho\acute{o}\varsigma$, $\mathring{\iota}\tau\eta\varsigma$ $\varkappa$. τ. λ.

so fragen wir mit Recht: Wie kommt der Dichter zu dieser Darstellung? Was berechtigt ihn zu derselben? Ist ihm etwa Unkenntnis der sokratischen Philosophie vorzuwerfen? — Gegen diesen Vorwurf spricht zuerst der Inhalt unserer Komödie im allgemeinen; in ihr verspottet der Dichter die philosophischen Lehren seiner Zeit, wie er ohne eine genaue Kenntnis derselben es durchaus nicht gekonnt hätte. Dazu kommt die ausdrückliche Versicherung des Dichters[1]), die er in der Parabase seines Stückes ausspricht, daß ihm diese Komödie die meiste Mühe gemacht habe; natürlich, weil die Verspottung der Philosophie das Studium derselben voraussetzt[2]). Wenn man aber auch nicht glauben wollte, daß es dem Dichter Ernst ist mit seiner Behauptung, so beweist doch die wiederholte Umarbeitung hinlänglich, daß er sich dem Studium der Philosophie unterzogen hat. Also nicht Unkenntnis der sokratischen Philosophie spricht aus den Wolken, vielmehr müssen wir annehmen, daß Aristophanes besser als viele seiner Zeitgenossen die Tragweite der sokratischen Philosophie erkannt hat[3]). Daß dies aber wenigstens nicht unmöglich, scheinen mir Welkers Worte[4]) anzudeuten; er sagt: „Wenn Aristophanes nur dunkel geahnet hätte, daß Geistesgewandtheit und Sophistik dem Vaterlande gefährlich werden konnten, so ist sein Eifer gegen die Beförderer derselben löblich". — Noch weniger können wir uns mit der Ansicht befreunden, aus Bosheit habe Aristophanes den Sokrates so dargestellt. Hiermit stimmt nicht, um nur eines anzuführen, daß Aristophanes in seiner Darstellung Eigenthümlichkeiten des Sokrates unberücksichtigt gelassen hat, die ihm, wie schon oben angedeutet, einen reichen Stoff für die Komödie gegeben hätten. Uebrigens ist zu berücksichtigen, daß der Angriff der Komödie überhaupt weniger gegen die Person als gegen die Lehre des Sokrates gerichtet ist[5]). An eine bloße Spielerei oder unschuldige Späße dürfen wir gar nicht denken; für Aristophanes ist der Spaß, der Scherz nicht Hauptzweck der Komödie[6]), vielmehr hat seine Komödie sittlichen Gehalt. Dies tritt an einer Stelle in den Wolken recht deutlich hervor: als Strepsiades dem Chor Vorwürfe machte darüber, daß er ihn vor den Sokratikern nicht gewarnt habe, antwortet derselbe — v. 1458 — 1461:

„So thun wir's jedesmal, wenn einen wir
So bösem Sinnen ganz und gar ergeben sehn;
Bis daß ins Unglück tief hinab wir ihn gestürzt,
Damit er lerne, was die Götter fürchten heißt."

---

[1]) v. 521:

$$\text{ὡς ὑμᾶς ἡγούμενος εἶναι θεάτας δεξίους}$$
$$\text{καὶ ταύτην σοφώτατ' ἔχειν τῶν ἐμῶν κωμῳδιῶν}$$
$$\text{πρώτην ἠξίωσ' ἀναγεῦσ' ὑμᾶς, ἧ παρέσχε μοι}$$
$$\text{ἔργον πλεῖστον.}$$

[2]) Auch nach Kocks Ansicht meint Aristophanes mit diesen Worten, daß „mühsam nicht sowohl gewesen sei die Komposition der kunstreichen Komödie, als das Studium der philosophischen Dogmen, die er darin verspottet."

[3]) Nicht treffend scheint mir in Bezug auf Aristophanes das Urtheil Peters', De Socrate, qui est in in Atticorum antiqua comoedia, disputatio, p. 7: Noli tamen putare comicos id egisse, ut quae singuli philosophi praeciperent ac docerent, accuratius cognoscerent, quum eorum esset praecepta philosophorum, quae in pejus detorta in ore vulgi erant, ridere. Quid discriminis sit inter verum philosophum et sophistam ignorant.

[4]) Welker, Komödien des Aristophanes, Anhang zur Uebersetzung.

[5]) Ganz anderer Art ist der Angriff des Aristophanes auf Kleon und Euripides.

[6]) Man vergl. übrigens hierüber die vortreffliche Abhandlung von Stanger, Zur Würdigung des Aristophanes. Blätter für das Bayerische Gymnasialwesen. 2. B. Nr. 6. S. 180 folgg.

Betrachten wir nunmehr das Wesen der Sophistik und ihr Verhältnis zu Sokrates etwas näher. So verschieden die sokratische Lehre von der Sophistik ist, so nahe verwandt sind doch auch beide. In seiner ursprünglichen und besseren Bedeutung schließt ja das Wort „σοφιστής" das edlere und reinere Streben nach Verbreitung der Weisheit und Wissenschaft in weiteren Kreisen nicht aus. Diese Bedeutung hat aber das Wort in unserer Komödie nicht: Hier haben wir es zunächst mit jener Menge von oberflächlichen Halbwissern zu thun, „die mit ihrer Schein- und Dünkelweisheit über alle Gegenstände mit absichtlicher Halbbildung redeten und darauf ausgingen, Anfänger im Denken zu verwirren statt sie gründlich zu belehren und sittlich zu fördern, die aus der Philosophie und sogar aus der Tugendlehre ein einträgliches Gewerbe machten, die nicht nach der Erkenntnis des Wesens und der Wahrheit strebten, sondern sich in dem Reiche des Scheines, des Irrthums und der Meinungen bewegten, die endlich durch ihren Zweifel an allem, was früher für Recht und Wahrheit galt, mag es auch noch so feste Wurzeln im Glauben und in der Gewohnheit der meisten geschlagen haben, in allen Lebensgebieten, namentlich in Bezug auf Sitten und Religion nur Gegensatz und Spaltung, Streit und Verwirrung hervorriefen und das sittliche Bewußtsein der griechischen Völker erschütterten und auf Abwege führten.¹)" So war ja z. E. mit dem Satze des Protagoras „der Mensch ist das Maß aller Dinge" der Unterschied zwischen Wahrheit und Irrthum aufgehoben. Dieser Satz ließ verschiedene Urtheile als möglich gelten, es gab darnach weder falsche Meinungen noch falsche Urtheile; niemand konnte mehr Falsches reden oder denken; es war das Prinzip der „absoluten Subjektivität" und „Relativität". Ein solcher Denker konnte nicht mehr von einem Unterschiede des Besseren und Schlechten reden, und in der That wurde die Behauptung aufgestellt, daß es nichts absolut Gutes und Gerechtes gebe, sondern jedem nur das gut sei und gerecht, was und so lange es ihm als ein solches erscheine²).

Und doch steht die Sophistik ihrem innersten Wesen nach, in ihrer Wurzel, mit vielen besseren und edleren Richtungen, überhaupt mit der rechten Philosophie in einem inneren Zusammenhange³) und ist von dieser nur durch eine schmale, schwer erkennbare Grenzlinie geschieden⁴). Die sophistischen Lehren sind Weiterbildungen früherer Systeme, sie gehören der Uebergangszeit an und erscheinen „als Vorläufer der mit Sokrates beginnenden aus einer tieferen Kenntnis des menschlichen Geistes und seiner Gesetze geschöpften Philosophie". Freilich traten die Versuche der Sophisten — und das ist das Gewöhnliche solcher Erscheinungen, die eine neue Zeit verkünden — in einer blos negierenden, zerstörenden Weise auf und wirkten verderblich auf die Sittlichkeit des griechischen Volkes, dessen alte Götter und Gewohnheitsleben sie erschütterten. Denn die Sophistik setzte an Stelle positiver Gesetze — das Prinzip der freien Selbstbestimmung des Menschen nach Gesetzen, die ihren Grund in seiner eigenen Natur haben. Das spricht recht deutlich Pheidippides aus — Nubb. v. 1399 — in den Worten:

„Wie lieblich ist es neuer Kunst und Wissenschaft sich weihen,
Bestehendem Recht und Vorurtheil freidenkend sich entreißen."

---

¹) Vergl. Steinhart a. a. O.
²) Vergl. Ueberweg a. a. O. S. 75.
³) Vergl. ebendas. S. 77.
⁴) Plat. Sophist. p. 231: „Aber auch der Wolf hat mit dem Hunde Aehnlichkeit, — das wildeste mit dem zahmsten Thiere"; und p. 236 heißt es: „Worüber ich aber zuvor in Ungewißheit war, zu welcher der beiden Gattungen — er meint die „nachgestaltende" und „scheingestaltende" — der Sophist zu rechnen sei, das kann ich auch jetzt noch nicht deutlich erkennen, sondern der Mann hat wirklich etwas Wunderbares und sehr schwer zu Durchschauendes, da er auch jetzt sehr geschickt und fein in eine schwierig zu durchspähende Gattung sich geflüchtet hat."

Und die Bildung, die auf solchem Prinzipe beruht, suchten sie zum Gemeingut zu machen und wußten für ihre Wissenschaft eine bis dahin unerhörte Begeisterung namentlich an dem Herde des hellenischen Geisteslebens zu erwecken. Sokrates' Lehre und Lehrweise trug nun ganz unleugbar ein sophistisches Element in sich. Seine Lehrweise: Denn so wenig als irgend ein Philosoph oder Redekünstler seiner Zeit hat er in seinen Erörterungen sophistische Kunstgriffe ganz verschmäht; stellt doch Plato ihn in einzelnen Dialogen so dar, daß er mit dem Doppelsinn des Ausdrucks εὖ πράττειν spielt[1]), und daß Hippias[2]) ihm „Wortklaubereien", „Kleinigkeitskrämereien", „Possen" u. s. f. vorwirft, ist uns schon bekannt. — Bisweilen läßt ihn Plato[3]) einen sophistischen Satz sophistisch vertheidigen und namentlich die Behauptung, daß der Lügner nicht verschieden sei von dem Wahrredenben als eine Probe der sophistischen Kunst, von jedem Dinge auch das Gegentheil beweisen zu können. Mit Bezug hierauf antwortet a. a. O. Hippias: Dergleichen Knoten der Rede schlingst du stets und indem du aus einem Vortrag das Schwierigste herausgreifst, hältst du das, es im Einzelnen erörternd, fest und streitest nicht gegen den Gegenstand im Ganzen, über den der Vortrag sich verbreitete." Sokrates mußte eben, um seine Zuhörer zum Bewußtsein über sich selbst und des Wesens des menschlichen Geistes zu führen und sie an ein Denken nach allgemeinen Begriffen zu gewöhnen, seine belehrenden Gespräche mit Streit und Zweifel beginnen. — Seine Lehre trug ein sophistisches Element in sich: Denn er bekämpfte Alles, was bis dahin für Wahrheit galt; insofern es nicht in den Zwecken und Bedürfnissen sowie in den Anlagen und Trieben der menschlichen Natur seine Berechtigung nachweisen konnte, und indem er alle, die sich mit ihm unterredeten, von der Nichtigkeit ihres bisherigen Strebens und Wissens zu überzeugen suchte, verwirrte er die schwächeren Gemüther.

Gerade diese Verwirrung des Bewußtseins ungeübter Denker durch kunstgerechten Streit und systematischen Widerspruch gegen Alles, was bis dahin der Gegenstand eines zweifellosen Glaubens gewesen war, bildete ja aber, wie oben gesagt, ein Hauptkennzeichen der Sophistik. — Die Skepsis ist also die Grundlage auch seiner Lehren; aber er geht über sie hinaus, sie bleibt sein Ausgangspunkt, während sie für die Sophistik Zweck an sich ist. Dieser Unterschied muß aber der Menge entgehen, die nach den sichtbaren Folgen urtheilt und mit einem Scheine des Rechtes natürlich von den gleichen Folgen der sophistischen und sokratischen Lehrweise und Lehre auf analoge Ursachen schließt.

Wie die Sophisten, so führt also Sokrates eine neue Zeit herbei, stellt ein neues Prinzip der Bildung auf; er geht von derselben Skepsis aus; wenn er auch im Gegensatze zu den Sophisten seines göttlichen Berufes andere zur Wahrheit und zur Tugend zu erziehen, sich bewußt ist, der Menge erschien er als Sophist, ja bei seinen unverkennbaren geistigen Vorzügen vor jenen mußte er sogar gefährlicher erscheinen als sie; denn, während jene ja nur erschüttern, niederreißen, auflösen, ist er es, der im allgemeinen mit positiven Forderungen klar und bestimmt auftritt. Im allgemeinen: denn Xenophon[4]) theilt uns mit, daß Sokrates z. E. noch nicht zu einer klaren und festen Scheibung der Begriffe des Guten und des Angenehmen gelangt war, und wir können wohl eine Beziehung der alle Pietät verleugnenden Grundsätze des Pheidippides, daß es recht sei, den Vater zu schlagen,

---

[1]) Lach. p. 161. 165. Alcibiad. p. 116.

[2]) Hipp. I. p. 30 4.

[3]) Hipp. II. p. 369.

[4]) Memor. III, 8, 4. IV, 6, 9.

[5]) Vergl. Nubb. v. 1446; Xenoph. Memor. II, 2 und I, 2. 49—55. „Nach der ersten Stelle verlangte Sokrates Ehrfurcht selbst vor einer launischen Mutter."

auf jene Ansicht des Sokrates finden, daß man „den Eltern nicht deshalb Ehre und Hochachtung zolle, weil sie dies sind, sondern nur, wenn sie uns nützlich sind". — Wie leicht und natürlich war es für den, der nicht das richtige Verständnis haben konnte, eine solche Lehre auszubeuten.

Diese Consequenzen seiner Lehren, die uns Aristophanes recht drastisch zeigt — Pheidippides schlägt seinen Vater, und in Folge der allzu gutmüthigen Passivität desselben kühn und dreist geworden geht er so weit, die Behauptung aufzustellen, es sei auch recht, die Mutter zu schlagen[1]) — diese gefährlichen Consequenzen konnten, ja mußten gezogen werden, um so mehr, als doch Sokrates sehr wenigen persönlich ganz nahe stand. Seine Lehren verbreiteten sich, manche drangen auch in's gewöhnliche Volk, gewiß aber verbanden sich mit denselben durchaus falsche Vorstellungen. Das Wesen der sokratischen Lehren konnten, vielleicht auch, mochten nur wenige fassen. So läßt auch Plato in einem seiner Dialoge den Lysimachos auftreten[2]), der den Sokrates, seinen Bezirksgenossen, kaum vom Hörensagen kennt. Treffend bemerkt in Bezug auf diese Erscheinung Steinhart in der Einleitung zu jenem Dialoge[3]): „Jener alte schlichte Lysimachus stellt das altathenische Spießbürgerthum dar, das entweder die bedeutendsten Erscheinungen an sich vorübergehen ließ, oder sich von ihnen ein der Wirklichkeit gar nicht entsprechendes Bild machten". — Und daß Sokrates wirklich von vielen seiner Zeitgenossen mit den Sophisten auf eine Linie gestellt wurde, geht daraus hervor, daß viele bei ihm suchten, was nur bei Sophisten zu finden war, weshalb sie Sokrates auch an die Sophisten verwies. — Dazu wissen wir, daß manche bei aller Anhänglichkeit an den Sokrates doch den Sophisten nicht abgeneigt waren, wie Kritias und Alkibiades. So ist auch natürlich dem Strepsiades das Wesen des λόγος κρείττων unbekannt; denn auf die Frage des Sohnes, was er lernen solle, antwortet jener:

> „Zwei Redenschaften, heißt es, haben drin die Herrn,
> Die stärkere, wie sie es nennen, und die schwächere[4])."

Kein Wunder auch, wenn Pheidippides die Sokratiker „ἄνδρες χολῶντες" „Verrückte" nennt[5]). — Hierzu kommt, daß Sokrates doch eine epochemachende Erscheinung war. Schon das Aeußere derselben war auffallend; sie muß mehr modern als griechisch genannt werden. Das Prinzip der neuen Zeit erschien gewissermaßen verkörpert in ihr. Und in der That war Sokrates seiner Zeit voraus, wie ja auch die Früchte seiner Ideen mehr der Nachwelt zu Gute kamen als seinen Mitmenschen. — An bekannte, bestimmte Persönlichkeiten knüpft aber vor allem gern der Komiker seine Darstellung an: der Vortheil, schon bekannte und beliebte Figuren nur in neue Lebenslagen bringen zu dürfen, ist ja natürlich ein sehr großer und daher zu allen Zeiten auch aufs fleißigste benutzt worden. — Wenn aber in den Wolken die Färbung allzu stark aufgetragen, die Derbheit und Schärfe des Scherzes aus einem allzuvollen Maße herauszuströmen scheint, so möge man bedenken, daß wir eine griechische Komödie haben, eine Komödie, die überdies einer Zeit angehört, in der das Bestehende, Bildung und Sitten, einer Auflösung entgegen ging, und die wir darum nicht nach konventionellem Maßstabe, am allerwenigsten nach unsern Regeln, messen werden. Zur Bekräftigung meiner Ansicht möchte ich nur das Urtheil Vilmars[6]) anführen; er sagt: „Zahm kann eine Komik solcher Zeiten, eine Komik ersten Ranges nicht sein: sie ist sprudelnd, übermüthig, heftig, derb, keck, entzieht sich den Unsauberkeiten der Zeit keineswegs und gilt darum in Zeiten der Zöpfe und Reifröcke, in Zeiten der Superklugheit und Sentimentalität, oder der trockenen Philisterhaftigkeit als gemein, als niedrig,

---

[1]) Nubb. v. 1446 folgg.
[2]) Plat. Lach. p. 180.
[3]) 1. Bd S. 357.
[4]) Nubb. v. 112 und 113. — Vergl. übrigens Droysens Bemerkung zu der Stelle.
[5]) Nubb. v. 833.
[6]) Vilmar, Geschichte d. d. Nat.-Lit. 9. Aufl. S. 297.

als pöbelhaft und narrenhaft!" Dies rechtfertigt aber auch die oben angedeuteten Zusätze vollständig. Der Komiker ist eben kein Historiker: er erlaubt sich, Wahres mit Falschem zu verbinden.

Es erklärt sich somit die aristophanische Darstellung und Auffassung des Sokrates aus der Verwandtschaft der sokratischen Lehre mit der sophistischen, ferner aus dem mangelhaften Verständnis des Volkes, sodann aus der auffallenden, in gewisser Weise doch epochemachenden Erscheinung des Sokrates und endlich zum großen Theil aus dem Wesen der Komödie jener Zeit.

Auf diese Weise — und so komme ich zu den Schlußbemerkungen — erklärt sich aber auch das Verhältnis, in welchem Sokrates bei Lebzeiten zu Aristophanes stand. Nirgends ist im Alterthum von einer Feindschaft der beiden Männer die Rede, wenigstens wissen wir nichts davon, und sicher ist, daß Plato den Aristophanes achtete und liebte, was nicht zum wenigsten ersichtlich ist aus dem von ihm verfaßten, den Dichter ehrenden Distichon:

$$Aἱ\ χάριτες\ τέμενός\ τι\ λαβεῖν\ ὅπερ\ οὐχὶ\ πεσεῖται$$
$$Διζόμεναι\ ψυχὴν\ εὗρον\ Ἀριστοφάνους.$$

Diese Achtung Platos vor Aristophanes würde sich nicht gut erklären lassen, wenn derselbe nicht ein freundliches Verhältnis zwischen dem Dichter und dem Philosophen angenommen hätte. Ebensowenig würde er in diesem Falle in seinem Symposion dem Aristophanes neben dem Sokrates eine Rede auf den Eros übertragen haben.

Steht aber mit dieser Auffassung nicht im Widerspruch, was Sokrates in der Apologie[1]) über den Angriff von Seiten des Aristophanes sagt? Bei dem ersten Blicke könnte es so scheinen. Betrachten wir diese Sache näher, so müssen wir sagen, daß des Sokrates Behauptung begründet ist, ohne daß wir auf ein auch damals feindseliges Verhältnis beider Männer schließen müssen — ja dürfen. Aus den Worten selbst geht nicht hervor, daß Sokrates dem Aristophanes die Absicht, ihm zu schaden, beilegt; sodann hat gerade der Miserfolg der Aufführung jener Komödie gezeigt, daß Aristophanes in den Wolken eben ein Gebiet betreten hatte, das nicht für jedermann zugänglich war, geschweige denn, daß sich jedermann auf demselben heimisch fühlte. Der aristophanische Sokrates konnte um so weniger von dem gewöhnlichen Volke verstanden werden, als dasselbe ja den historischen misverstand. Auf der andern Seite aber mußte gerade die dramatische Darstellung der Consequenzen, die das athenische Volk aus dem Leben und Lehren des historischen Sokrates zog, noch mehr die Auffassung des wahren Sokrates verwirren[2]); daher das Urtheil des Sokrates, daß ihm eigentlich die Komiker am meisten geschadet haben[3]).

---

[1]) Müller, a. a. O. p. 18 B: „Gegen mich sind viele Ankläger vor euch aufgetreten, die seit lange und seit vielen Jahren schon durchaus Unwahres aufbringen, sie fürcht' ich mehr als den Anytos und seine Genossen, obgleich auch diese zu fürchten sind. — Was aber das Allerwidersinnigste ist, nicht einmal ihre Namen kann man erfahren und angeben, es müßte denn ein Komödienschreiber darunter sein." Das. p. 19 sagt Sokrates mit Bezug auf die Anklage: „dergleichen Beschuldigungen — wie nämlich die Anklage enthält — habt ihr ja selbst in dem Lustspiele des Aristophanes gesehen, wie dort ein gewisser Sokrates aufgeführt wird 2c."

[2]) Der Unterschied zwischen den zur Aufführung gekommenen Wolken und den vom Dichter nochmals umgearbeiteten ist in dieser Beziehung von keiner entscheidenden Bedeutung.

[3]) Vergl. die Anmerkung sub [1]).

Daß aber in diesem Falle der Dichter dem athenischen Volke einen nicht geringen Vorwurf macht, ist klar. Und diesen Vorwurf spricht der Dichter an einzelnen Stellen geradezu aus [1]) und in der Darstellung des Einflusses, den die Lehren des Sokrates in dem Volke ausüben, zeigt er ganz augenfällig einmal an dem Verfahren des Strepsiades gegenüber seinen Gläubigern, wie an der Behandlung des Vaters durch den eigenen Sohn, sodann hauptsächlich daran, daß das Volk in letzter Instanz die Frage über die εὐρυπωκτία zu Gunsten des λόγος ἄδικος entscheidet [2]), wie die sophistischen und philosophischen Lehren von dem Volke Athens misverstanden werden konnten, ja zum Theil misverstanden werden mußten [3]).

---

[1]) Nubb. 890 folgg. fordert der λόγος ἄδικος den λόγος δίκαιος auf, vor das Publikum zu kommen. „Denn, fügt er hinzu, je mehr da sind, um so mehr nur mach' ich dich todt". — Vergleiche die Worte des λόγος δίκαιος v. 919:

$$\gamma\nu\omega\sigma\vartheta\acute{\eta}\sigma\epsilon\iota\ \tau o\acute{\iota}\ \pi o\tau'\ A\vartheta\eta\nu\alpha\acute{\iota}o\iota\varsigma,$$
$$o\tilde{\iota}\alpha\ \delta\iota\delta\acute{\alpha}\sigma\kappa\epsilon\iota\varsigma\ \tau o\grave{\upsilon}\varsigma\ \mathring{\alpha}\nu o\acute{\eta}\tau o\upsilon\varsigma. —$$

Ferner lautet die Antwort des Chores — v. 1454 und 1455 — auf die Klage des Strepsiades, daß er das Unglück, welches über ihn hereingebrochen, den Wolken zu verdanken habe:

$$\alpha\mathring{\upsilon}\tau\grave{o}\varsigma\ \mu\grave{\epsilon}\nu\ o\mathring{\upsilon}\nu\ \sigma\alpha\upsilon\tau\tilde{\omega}\ \sigma\grave{\upsilon}\ \tau o\acute{\upsilon}\tau\omega\nu\ \alpha\check{\iota}\tau\iota o\varsigma,$$
$$\sigma\tau\rho\acute{\epsilon}\psi\alpha\varsigma\ \sigma\epsilon\alpha\upsilon\tau\grave{o}\nu\ \epsilon\mathring{\iota}\varsigma\ \pi o\nu\eta\rho\grave{\alpha}\ \pi\rho\acute{\alpha}\gamma\mu\alpha\tau\alpha$$

d. h. die, welche den Sophisten folgen, müssen solche Früchte ernten. — Ebenso ziehe ich hierher die Worte des λόγος δίκαιος v. 897—898: ταῦτα — i. e. τὸ γνώμας καινὰς ἐξευρίσκειν — ἀνθεῖ διὰ τουτουσὶ τοὺς ἀνοήτους. Kock bezieht τουτουσί auf die Sokratiker. Allein auch abgesehen davon, daß v. 919 allerdings der λόγος ἄδικος die Athener ebenfalls ἀνοήτους nennt (Teuffel), ist die Beziehung des hinweisenden pronom. auf die Athener deshalb nothwendig, weil weder Sokrates noch einer seiner Schüler zugegen ist (vergl. v. 886 und 887); sodann begründet dies τουτουσί, bezogen auf das athenische Volk, gewissermaßen erst recht das ἀνθεῖ; denn wären die Athener nicht für die „γνῶμαι καιναί" empfänglich, so würden diese nie eine solche Bedeutung gewonnen haben, d. h. daß „neue Ideen zu finden wissen im Flor ist" (ἀνθεῖν), das ist den Athenern zu verdanken. Und so aufgefaßt scheinen mir die Worte des Dichters viel mehr zu sagen, während im andern Falle τουτουσί überflüssig wäre. Dasselbe meint der Scholiast; denn er bemerkt zu der Stelle: διαβάλλει τοὺς Ἀθηναίους ὡς ἀδικία χαίροντας, τὸ δὲ δίκαιον παρορῶντας.

[2]) Vergl. den Schluß der Kampfscene v. 1083—1104.

[3]) Damit stimmt auch Böhringer; doch geht er zu weit, wenn er, wie oben schon angeführt, die Anklage des Volkes als die Tendenz dieser Komödie hinstellt.

Im Anschluß an die vorstehende Abhandlung des Herrn Collegen erfüllt der Unterzeichnete die ehrenvolle Pflicht, zu der Sonnabend den 12. Juli Vormittags 10 Uhr abzuhaltenden Feier des Namenstages unseres Durchlauchtigsten Regentenhauses die höchsten und hohen Behörden des Landes, die verehrlichen städtischen Collegien und alle werthgeschätzten Gönner und Freunde unserer Schule ehrerbietigst und geziemend einzuladen, sowie hiernächst das Programm zu dem Festactus mitzutheilen:

Gesang: Der 23. Psalm von B. Klein.

1) Lateinische Rede des Primaners Heinrich Beck über die hervorragendsten Griechen zur Zeit der Perserkriege.

2) G. Hirsch, Sextaner: Graf Eberhard im Barte von Zimmermann.

3) P. Sison, Sextaner: Der betrogene Teufel von Rückert.

Musikstück.

4) Französische Rede des Primaners Paul Eismann über Heinrich IV. von Frankreich.

5) J. Barth, Quintaner: Pipin der Kurze von Streckfuß.

6) P. Fasold, Quintaner: Im Sommer von Paul Gerhardt.

Volkslied: Ich hab' mich ergeben —

7) Deutsche Rede des Secundaners Gustav Büttner über die Regierung Kaiser Ottos III.

8) F. Reblich, Tertianer: Existence de Dieu von Rousseau.

9) C. Georgius, Quartaner: Das Lied vom braven Mann von Bürger.

Choral: Lob, Ehr' und Preis sei Gott —

Gera den 7. Juli 1873.

A. Grumme.